바다의 골목

박분필

경북 울산 울주군에서 태어나 성균관 대학교 대학원 유교경전학과 석사과
정을 수료했다. 1996년 『시와시학』으로 문단활동을 시작했다. 시집으로
『창포 잎에 바람이 흔들릴 때』『산고양이를 보다』『바다의 골목』 등이 있고
동화집 『하얀 전설의 날개』『홍수와 땟쥐』를 펴냈다.
pbpil@hanmail.net

황금알 시인선 216
바다의 골목

초판발행일 | 2020년 8월 31일

지은이 | 박분필
펴낸곳 | 도서출판 황금알
펴낸이 | 金永馥
선정위원 | 김영승 · 마종기 · 유안진 · 이수익
주간 | 김영탁
편집실장 | 조경숙
표지디자인 | 칼라박스
주소 | 03088 서울시 종로구 이화장2길 29-3, 104호(동숭동)
전화 | 02)2275-9171
팩스 | 02)2275-9172
이메일 | tibet21@hanmail.net
홈페이지 | http://goldegg21.com
출판등록 | 2003년 03월 26일(제300-2003-230호)

©2020 박분필 & Gold Egg Publishing Company Printed in Korea
값은 뒤표지에 있습니다.
ISBN 979-11-89205-70-6-03810

바다의 골목

박분필 시집

황금알

모래알 하나하나가

별 하나하나가 바다에 불을 켤 때

파도는 그 빛을 보고 항해를 했다

2020년 8월

박분필

차 례

2부

3부

4부

1부

자작나무 자서전自敍傳

자작나무 숲속에 들어서자
반듯하게 갖춰진 지필묵부터 먼저 보인다

눈부신 백지 한 장이 바닥에 깔려 반짝이고
명암이 깊은 하늘에 자작나무 붓끝이 막 묵墨을 찍는
중이다

붓을 떼자 기러기 한 마리
깃털에 묻은 먹을 털고 푸른 하늘로 날아오른다

쭉쭉 곧게 세워진 붓대들의 연결 사이로
가득한 여백의 연결이 도드라져 보이고

붓과 여백이 마음껏 필묵의
자유를 누리며 작품을 자작自作하는 중이다

먹을 갈고 붓을 다듬는다
찍고, 긋고, 맺기를 반복한다

자작나무 숲 백지 위에
구김 없는 또 한 장의 백지를 반듯하게 펼친다

자작자작 찢어 흩뿌리는
파지 조각이 내 어깨에 하얗게 쌓인다

태모필胎毛筆

진한 먹물에 붓을 찍습니다 생명선이 살아있어
차람차람 붓끝이 차진 태붓
떨리는 듯 곧은 선을 긋습니다

태 안에서 그리고 태어나서 다시 백일을
더 자란 딸애의 머리카락에서 따스한 울림이
고물고물 기어 나와 그의 심장에 닿습니다 그렇게
사군자를 쳤고 좋은 글귀 뽑아 열두 폭 병풍
준비해 두었는데

시집을 안 가겠다 물러서지 않는 딸
30여 년 걸어놓았던 실고리가 삭아 걸지조차 못하는
붓만 같습니다

한때 붉은 발가락이었고 말랑말랑한 마디였고
솜털이었던 저 닮은 손주라도 안고 온다면야 명주실로
짱짱한 고리를 만들어 붓걸이에 걸어둘 것인데
책상 서랍 구석으로 밀어내 버린
침묵 한 자루

근 삼 년 만에 그가 다시 붓을 잡습니다

젖배 곯은 아기가 젖을 빨 듯
물 타지 않은 진한 먹물을 빨아들이는 붓
그가 탱탱해진 붓을 어르고 달래는 일은 침묵에 빠진
자신을 구출해 내는 일

잎 성근 잣나무 한 그루 일으켜 세웁니다 그 아래
쌓기도 하고 흩기도 했던 한 생의 명암이
누군가를 사랑했던 그의 호흡들이 골고루
펴 발라진 오두막 한 채

지난한 한 생을 떠받친 서까래가
그저 고요히 달빛을 뿜어냅니다

십리 대숲 길

대숲은 걸어서
강물은 흘러서 십리 길을 함께 가더라
차갑고 고요하게 빛나던 댓잎들이
비가 내리자
더 짙푸르고 탱탱하게 강물 속을 헤엄치는 물고기처럼
파닥거리더라

아무도 모르는 달빛 아래서
아무도 모르게
손닿지 않는 하늘을 품고 싶어 몸을 곧게 뻗어 올렸던
푸른 기운

아무래도 이 길은
내 초록을 되찾아 가는 길
그 시간에게 건네는 따뜻한 악수
그대 생각만으로 십리 대숲길이 환하더라

물수제비

발가락이 노란 새 한 마리 숲을 꿰고 있습니다

새의 맥박 소리 가늘게 흔들려 고요를 꿰고 있습니다

돌이 물밑에 가만 엎드려 물살을 꿰고 있습니다

시간이 소리를 꿰고 소리는 시간을 꿰고 있습니다

물뱀이 단풍을 시침질하는 햇살을 꿰고 있습니다

푸른 물잠자리 날개가 바람을 꿰고 있습니다

너와집 처마 그을음이 가을의 중심을 꿰고 있습니다

어머니의 낮달

된서리 맞기 전에 청 고추를 땄다

며칠이 지나도록 풋 티를 벗지 못하고
붉으락 푸르락 응석을 부리듯
한 바구니 가을이 빨갛게 익어간다

아직은 고집스럽게 초록을 버리지 않는
고추를 골라내다가
어머니가 거처하던 빈방을 들여다본다

그놈의 고추, 고추 하나를 입에 달고 살았지만
끝끝내 아들을 품지 못하고
서까래에 불과한 딸, 또 딸, 여섯 번째 막내인 나를
기록하고 끝나버린 어머니의 일기를 읽는다

아기가 태어날 때 고추를 달고 나는지 나서 그것이
풋고추처럼 맺히는 것인지 어린 나는 늘 궁금했다

밤사이 뚝딱 고추 하나 단단히 맺혀져 있기를

밤새워 뒤척이다가 아침이면 그 절망을
앙가슴에 꽁꽁 묻어두시기도 했던

어머니의 소망은 절벽 끝 낙락장송에 걸려있는
작은 귀주머니를 따는 것이었을까
너무 높고 아슬아슬해서 줄이 끊어진 악기 같아서
끝끝내 따지 못한 까마득히 올려다만 보다가
평생토록 목젖이 아팠던

저 희끄무레한 낮달
비로소 홀가분하게 낙락장송에 도달했다

부족한 손

그 아침 우연히 지나치다
풀숲에 떨어진 모과 한 알을 보았고
무심코 올려다본 순간
샛노랗게 빛나던 별들, 하루가 눈부셨다

모과나무 아래 앉아 나는 계절을
읽었고 가을을 필사했는데
모두가 추락하던 그 순간이 아찔해 까맣게 질렸을까
때를 놓친 모과 한 알이 아직도
뛰어내리지 못하고 매달려있다

이때껏 젖 먹여 키워준 어미나무도
무작정 매달리는 부족한 손을 차마 놓지 못하고
꼭 잡고 있다

뜨거운 한 장면을
봄눈이 촉촉하게 식혀준다

목련붕대

암병동 투석실 앞을 지나갈 때
하얗게 깎은 머리에 목련꽃 봉오리처럼 붕대를
감은 아이가 엄마가 미는 휠체어를 타고 있었다

꽃봉오리 무게에 가끔은 한쪽으로 휘기도 하는 아이의
목을 엄마가 바로 세우기에 바빴다
창밖엔 봄눈이 내리고 있었다
막 피고 있던 목련의 꽃눈이 움츠려들고 있었다

엄마는 아이의 귀에다 입을 대고 속삭였다
목련꽃이 필 때는 딱딱한 껍질을 벗는 거라고
올봄에는 껍질 같은 휠체어를 꼭 벗게 될 거라고
목련꽃처럼 활짝 웃으며 일어설 수 있을 거라고

아이가 맑게 웃었다
엄마가 기도하는 마음으로 창밖을 내다보았다
매서운 날씨였다, 나는 잎보다
먼저 길 나선 꽃봉오리에서 내내 눈길을 떼지 못했다

아름다운 대화

구순을 반도 더 지난 노모가
칠순을 한참 넘은 아들에게 자랑을 한다

내가 네 나이 때는 펄펄 날아다녔다 카이
그랬는데 인자는 고마 이래 됐뿟다

엄마 거짓말하지 마요
엄마는 날개가 없잖아요

다리로 날아다녔제
내 다리가 날개보다 빨랐다 카이

아들이 활짝 웃는다
엄마도 벙긋벙긋 웃는다

엄마는 똑같은 자랑을 연이어 스무 번 하고
아들은 똑같은 이야기를 연이어 스무 번 듣는다

마음을 그리다

밤에 불을 끄고, 탁탁 탁탁
열 손가락 끝으로 마음을 두드린다
빛없는 곳에서 빛을 그리고
마음을 두드려 마음을 그린다

손가락이 깜깜하게 어두운 마음을 칠 때
어둠의 육질을 뚫고 반짝 튀어 오르는 빛이 보인다
마음에서 튀어 오르는 빛을 정성스레 받아 안아
네모난 창에 하나하나 빛을 줄 세워 본다

침대 위 고양이 눈빛이 되어
별처럼 반짝이고
모두가 잠든 밤
문밖에는 벚꽃이 자꾸 피고

그릴 수 없을 것 같았던 그림을 그렸다
조금은 부족한 마음의 무늬가 잠잠하다
편안한 미소와 마음의 주름살도 섞여 있다
깜깜한 밤에 남모르게 찾아온 손님이 시詩다

빗방울 녹턴

문밖에서 소리가 난다
섣달그믐이 몇 번 지나고 추석 대보름이 몇 번이나 돌아오도록 소식 없던 아버지 발소리가 추적추적 마당으로 들어오신다

발소리만 무겁게 돌아와 저벅저벅 텅 빈 사랑방 방문 앞에서 웅얼거리고 덜컹덜컹 문고리를 흔들고 집안 곳곳에 발걸음 소리를 가득 심으신다

들판으로 달려나가 꽉 막힌 물꼬를 트고 오신다
그동안 쌓인 뒤란의 댓잎을 긁어모으고 마당에 떨어진 닭똥을 쓸어내고 댓돌 위 식구들의 신발 속에도 잠시 고였다가 몸을 일으키신다

비雨옵니다
비옵나니……
식구들의 안녕을 주룩주룩 읊으며 흐르시다가 어느새 숙고사熟庫紗 홑이불처럼 깔린 안개 속으로

아버지 사라지신다

24

계단

그녀 계단 위에 서 있다
난 계단 아래서 계단 위 그녀를 쳐다본다

그녀와 나는 언제부터 계단에 서 있었을까
그녀의 어깨에 눌려 나는 어깨를 조금 움츠린다

계단을 오를 땐 위를 보지 말아야 한다
스스로 위라 여기는 위가 많다

수직을 보지 않으면 수평이 된다
계단은 수직이 아닌 수평이다

올라가는 발 내려가는 발을
함께 받아주는 수평의 층계

우리가 선 곳이
수직과 수평이 만나는 정점이다

눈 깜짝할 사이

꿈 한 모퉁이에다 언제 소를 묶어 두었는지
언뜻 십 년이 넘었다
그동안 배고픈 소에게 풀 한 줌 베다 준 기억이 없다

나는 왜 마른 지푸라기 한 줄기도 없는 내 안에다 소를
묶어두었을까
소는 내내 어떻게 견뎌냈을까
내 마른 땅에는 마고성처럼 지유가 솟아나는 것도 아
닌데
오래도록 풀을 먹지 못해 되새김조차 못 하는
등짝이 비쩍 마른 소
축 처진 두 귀로는 살구 떨어지는 소리라도 듣는 듯

지금쯤 뒷마당엔 누렇게 보리살구가 익어갈 때
그래, 가자
승용차도 Ktx도 탈 수 없는 소
함께 걷자

나란히 걷는 동안 우리 둘은 모녀처럼 행복했다

안개의 늪을 벗어나자 눈 깜짝할 사이에 푸른 숲이 나
온다
　나는 내 말뚝에 묶여있던 엄마의 끈을 풀어
　새처럼 훨훨 날려 보낸다

　날고 있는 건 내 작은 어깨

바다의 골목 1

대나무 울타리를
나지막이 친 해안을 본다
그 울타리가
모래의 유출을 막고 있다

뼈만 남은
고생대 짐승 한 마리가
등뼈에서 꼬리뼈까지
꿈쩍 않는 산맥이
세찬 썰물이 지나가고 난 후
해초와 조가비가 수 놓인
모래알을 품고 있는
아름다운 골목

마음은 마음을 지우지 못해서
몸은 죽어도
모습은 살아있어서
내 안에 존재하는
푸른 나무 한 그루

모래알 하나하나가
별 하나하나가
바다에 불을 켠다

벚꽃

꽃잎이 떨어지고 있을 때

어머니의 눈꺼풀도 꽃잎처럼 떨어지고 있었다

꽃잎에 뺨을 대듯 어머니 이마에 뺨을 대고

꽃잎에 입을 맞추듯 어머니의 뺨에 입을 맞췄다

한 삼일쯤 더 머물다 떠나라며 웅덩이가 떨어지는

꽃잎을 차마 보내지 못하고 모아두고 있었다

꽃잎이 오래 물 위를 빙글빙글 돌고 있었다

떨어지는 꽃

생生의 후렴구가 아름답게 보였다

2부

주머니쥐의 추억

벽장은 벽의 호주머니

아주 작은 아이만
주머니쥐같이 호주머니 속에 폭 담길 수가 있어
단춧구멍에 꼭 맞는 단추처럼 끼워질 수 있어

보이지 않는 곳에 누룩을
숨겨두었던 시절이 있었지
누룩 몇 장을 꺼내야 할 때마다 아이는
주머니쥐처럼 단추처럼 끼워졌어
흙냄새와 그을음 향기와 아궁이의 시간을 먹은
아늑하고 달큼한 두근거리는 동굴 같았지

사각형 작은 문과 벽 사이에 낀 햇살은 긴 송곳니 같았지
벽장 속 어둠을 와작와작 씹어 먹는
반짝반짝 까만빛의 가루가 비밀을 숨겨주었어

동그란 조청단지가 자꾸 나를 돌아보았어
그래서 나는 자주 벽을 열고 닫았지

벽장은 내 호주머니가 되었어

물소리 바람 소리

껍데기만 남은 거미가 거미줄에 말라붙어있다 자기 둘레를 치던 시간을 둥글게 감고 마침표처럼

텅 빈 무간 천지에 길을 내던 발바닥이 길을 놓친 것 같다 놓친 길에 대한 아득함으로 발을 거꾸로 든 채

다시는 아무것도 디딜 수가 없다는 듯 무게를 다 비워내고 생육을 바싹하게 말리고 있으니 저 영혼 가볍겠다

가벼워진 몸채에서 풍경 소리가 난다 산중에 홀로 낡아가는 빈 절 같은 거미 한 마리 둥글게 부풀어 오른다

온몸이 노란 나비가 낙엽처럼 날아든다 먼지 낀 거미줄이 출렁 나비를 마중하지만 날아가 버린다

마침내 서리가 내리면 애도하던 저 노랑나비 또한 굴복하고 말겠지

어느 호수, 2016년

호수가 말랐다
세상이 저토록 많이 썩어있었나 물이 빠진 후에야 보이는 바닥

호수의 백성인 물고기가 호수 바닥을 도구도 없이 입으로 판다
등이 말라버리면 죽을 수밖에 없는 물고기들이 진흙바닥을, 희망을 판다

분노와 함성 그리고 촛불을 들고 광화문광장으로 나간 국민들도 병명이 불분명한 병을 앓느라 통증과 슬픔이 탄흔처럼 가슴에 박힌 채로 안방에서 TV를 지켜보고 있는 국민들도 똑같은 꿈을 꾸는 똑같은 백성이다

꿈은 오히려 이룬 것이 없을 때

가진 것이 없을 때

낭떠러지 앞이라 느껴질 때 꾸는 것이 아닐까

딛을만한 곳을 디뎠다고 생각했는데 바위에 걸려 넘어졌다
졌다
피할 곳에 피했다고 믿었는데 집이 무너졌다

지금은 시원한 물이 아닌 마시면 오히려 더 목말라지는 바닷물 같은 시대
는 바닷물 같은 시대

네 탓, 또 네 탓
모두가 탓, 탓으로 왕왕대는 동안 물고기 한 마리, 여전히 바닥을 판다
전히 바닥을 판다

꽃피우는 것 같은 아픔을 참고 견디며 물구멍을 찾아바닥 그 밑바닥을 파고 또 판다
바닥 그 밑바닥을 파고 또 판다

청동의 손

하우현성당 뜰에는
외로운 사람을 반겨주시는 침묵의 손이 있습니다
마음의 높이에서 마음을 읽어주는, 닳지 않고
변하지도 않는 청동의 손입니다

빛을 잃지도 녹 쓸지도 않는 두 손으로
새하얀 눈을 소복하게 받아들고
시린 마음들을 기다리고 있었습니다

따뜻한 내 손이
차가운 그 손을 만져보았습니다

찬 손은 여전하신데, 울컥
내 손에서 눈물이 흘러내렸습니다

다시 얼굴을 갖다 대었습니다
그 손안에는 가득 쌓인 흰 눈뿐이었는데 마치
작은 새 한 마리의 깃털처럼
그토록 마음이 따뜻해질 줄은 정말 몰랐습니다

그분의 손은 빛을 잃은 사람들에게
빛을 모종해주는 청동의 손이었습니다

인연설

늦은 밤 무심코 발톱 깎고 손톱을 잘라낸다

잘려진 것들이 톡톡 튀어 숨어버린다

꼭꼭 숨어버린 내 몸의 한 부분을 찾다가

이리 쉽게 버려도 되는 것인지 생각한다

잘려진 몸의 흔적이 몇 대를 거슬러

어둔 과거의 단서가 되기도 한다는데

혹시 버려진 무심들이 내다 버린 고양이처럼

낮잠 든 홑바지가랑이 속으로 기어들어 와

지그시 낭심을 물고 늘어지지는 않을까

튀어 달아난 단서들을 찾아 고마웠다 말해준다

다시 피어날 인연의 길을 매끄럽게 다듬는데

손톱달이 하얀 이마를 목련꽃처럼 밀어 올린다

논골 동네

그 옛날 다랑이논이거나 밭이었을, 이곳에 집들이 아
슬아슬 얹혀있다
　나는 이 층층의 동네에 가장 작은집 한 채를 갖고 싶고
　흔하던 명태도 떠나고 오징어 대구도 어디론가 가버린
묵호 앞바다에서 하세월 몸부림만 쳐대는 묵 빛 파도 한
자락을 걷어와 바지랑대에 널고 까슬까슬 손질하면서
꾸덕꾸덕 말리고 싶어지는

　눈을 감는다

　천 년 전 가장인 내가 묵직한 그물을 들고 비탈진 계단
을 올라온다
　내 아내와 내 아이들이 가장 작고 허름한 너와집에서
뒹굴 듯 달려 나온다

　아, 돌아오고 싶었던 천 년 전 내 고향

　맨 꼭대기 집에서 서너 계단 내려서면 집, 또 서너 계
단 내려가면 집 그렇게 아랫집 어깨에 윗집이 걸터앉아

있는 층층의 동네

　쌓아 올린 탑처럼 보이는 집마다 명태를 말렸던 바지
랑대에 비린 바람이 펄럭펄럭 말라간다

　바지랑대를 지탱하던 못 자국에서 붉은 물이 흘러나와
꾸물꾸물 기어가는 마당을 하얀 강아지 한 마리가 지키
고 있다

　천 년 전에 찍은 내 발자국, 막 증발 중이다

파옹도우 불상*

혼돈입니까
눈부신 황금이 일곱 개의 구멍을 다 막아버려
혼돈에서 출발해 다시 혼돈으로 돌아간 불상

금박 한 겹 지문 한 겹 공양받을 때마다
부처님의 침묵은 한 치 한 치 깊어져 눈이 필요 없고
뭉텅해지던 코와 귀와 입이 사라지고 말았습니다

드디어 호수 속에 가만히 엎드려 때를 기다렸다지요
잠용 물용簪龍 勿龍*한 사십 년의 세월
마침내 앉은 채 공중으로 떠올라
하늘은 하늘 쪽으로 땅은 땅 쪽으로 더 멀리 밀고
범속한 곳으로 내려오셔서

법당을 사랑방으로 내주셨습니다
부처님 턱 아래 느긋하게 누워 귀 닫고 잠 공양에든 노
숙자도,
먹이 찾아 골목골목 누비던 지친 견공들도
가늠할 길 없는 깊이에 들었습니다

금가루를 보슬보슬 하늘에 날려 올리는 파고다와
수면 위로 빛을 쏘아대는 수많은 물별의 한낮
반짝임을 둘러싼 호수의 시간이 고요합니다

* 파웅도우 불상: 미얀마, 인레호수에 있는 파웅도우 파고다의 불상.
* 잠용 물용: 주역 건괘 초구(때를 기다리며 물속에 잠겨있는 용).

길, 제부도

섬에 갇혔다
길이 닫혔다
바다가 다시 길을 열어주기를 기다리는 동안
겨울 가랑비가 하얀 꽃씨를 뿌린다
침묵하던 대지가 내 검은 머리카락에
수수만만 송이의 하얀 안개꽃을 피운다

섬을 빠져나갈 오직 하나의 길은
파도 속에 길게 엎드려 있고
얼키설키 물줄기들은 넝쿨을 뻗어
길을 얽어매고 있다
내가 흔들릴 때는 길도 흔들린다
흔들리는 길을
얽어매느라 더욱 엉키는 물줄기들

기다릴 수밖에
겨울 가랑비에 흠뻑 젖어 지쳐갈 무렵
길은 스스로 길이어서
스스로의 치유로 고통에서 벗어나기 시작했고

파도가 하얀 백합꽃을 피웠다
넌쿨넌출 휘감기는 파도 줄기마다
가득하게 핀 백합화 골짜기로
드디어 닫힌 길이 열리기 시작했다

화산활동

그의 내부에 장치된
경보시스템의 빨간불이 깜박거리기 시작했다

119구급차의 시곗바늘이
잠깐씩 멈출 때마다 그의 시간은 덜컹거렸다

지켜볼 수밖에는 아무것도 할 수 없는
내 눈 속으로 혼란한 색채들이 모조리 몰려들었다

현실인지 상상인지
분간할 수 없는 빛, 빛, 빛들이 백지에 쏟아져 내렸다

그는 지금 화산활동을 하는 중
요막관은 그의 삶에서 하나의 구성요소였던 기관

요막관 암이라는 용암이
끓어오르는 뜨거운 열기를 외부로 내보내고 있다

오묘하고도 미미한
자연의 법칙을 그는 몸으로 전달하고 있는지

옥수수 잎들이 물결치는 아미쉬

젖소들이 마음껏 풀을 뜯고 있는 그곳 끝이 보이지 않는 옥수수밭이 바다처럼 펼쳐진, 야생 치커리꽃 무더기 무더기 핀 해지는 들녘을 산책하고 있었죠

푸른 드레스에 하얀 포플린 앞치마를 두른 소녀들이 파란 물고기처럼 초록빛 옥수수 잎이 굽이치는 파도 속으로 헤엄쳐 들어가고 하늘은 감빛 노을을 펼쳤고 그 길로 아미쉬 사내가, 딸깍딸깍 마차를 타고 집으로 돌아오고 있었고

말이 쟁기로 밭을 갈고 어둠이 깔리면 나지막이 촛불을 켜고 넉넉하지는 않지만 결코 가난하지도 않았던 그곳

넓은 풀숲에서 반짝반짝 수많은 반딧불이가 날아올라 지금은 사라지고 없는 고향을 찾아낸 것 같은 내 고향 들판 같은 그곳이 아버지, 당신의 곁 같았죠

북촌 가는 길

청백리의 재상 고불 맹사성을 만나러 갔다
시들한 나를 떠나 새롭게 돋아나는 나를 만나
다시 가슴이 뜨거워 오기를 기대하며
갓 쓰고 도포 걸친 그가
천진한 어린 목동처럼 피리를 불며
꺼칠한 소를 타고 오르내렸을 서울 북촌의
좁은 길 오르는데
한복 곱게 차려입은 외국인들이 겨울에 핀 화사한
꽃처럼 무더기무더기 산책하거나 사진을
찍기도 했다 동양과 서양을
잃어버린 시간과 되찾은 시간을 동시에 보여주는
그곳에서는 아무라도 더불어 풍경이 되고 만다
고불이 걸었던 길을 짐작하며 오르는데
맹현은 맨 꼭대기에다 자리를 잡고 앉아
인왕산과 서로 이마를 맞대고 있었다
'공양 문답'을 주고받았을 사이처럼
큰 산과 큰 산이 천년을 마주 보고 있었던 듯

여기까지 왜 왔는공?

맹귀신을 만나러 왔습니당
그 귀신은 만나서 뭐하려공
귀신도 무릎 칠 시 한 편 얻으러 왔습니당
바람인지 귀신인지 모를 그와 내가 주고받은
공양문답이다

죽은 여름
― 똘이에게

여름이 갔다

여름과 눈 맞아 똘이도 따라갔다

나는 죽은 여름을 관에 넣고 못질을 했다

마음 한편엔 아직도 재롱을 피우는 똘이가 있어

들썩이는 마음을 토닥인다

이 방 저 방 돌아다니면서 자꾸 젖어가던 눈망울

똘이야, 돌아보지 말고 가거라 아프지도 말고

새가 되어 훨훨 날아가거라

　삼신할배, 생명은 소중하지요 그러니까 똘이 영혼 잘
좀 지켜주소

터줏대감, 다른 생명이 파지 못하도록 무덤 좀 단디 살펴주소

  비만 오면 마당 가득 자박자박 똘이의 발자국이 범람할 것이다

  폭포처럼 햇살이 쏟아지면 촉촉한 네 입술이 그리워질 것이다

귀향

숲은 죽은 나무들이 일군 영토다

썩어가는 나뭇등걸이
두 귀를 바짝 세우고 숲속 이야기를 듣고 있다

영지버섯 한 쌍이 죽은 나무의 등에서
살아남은 동료들의 살아가는 모습을 지켜보고 있다

마루타가 된 윤동주의
목에 걸렸던 나비넥타이 같기도 하고

자연을 즐기는 에피큐리언,
몽테뉴의 묘비명 같기도 한 귀가

넘실대는 별빛이 나이테로 감기는 소리
잎과 잎에 물결치는 바람의 무늿결을 듣고 있다

앞선 죽음이 뿌린 양식으로
잎들의 층과 층 사이가 토닥토닥 도타워지는 밤

한 사람의 시인이 이 세상으로 들어올 때처럼
한 그루의 나무가 조용히 이 세상에서 귀향하고 있다

오늘 밤은 나도
죽어간 모든 것들을 위해서 기도드린다

3부

각석刻石, 천전리

엉거주춤 어깨에 걸친
죽은 사슴에서
붉은 꽃 넝쿨이 흘러내릴 때

바람이든 햇살이든 태어난 모든 것들은
태어난 대접을 받아야지
고민한 당신은
영감에 사로잡힌 시인

선한 눈빛, 공손한 손이 머리를 조아리고
사슴을 그렸습니다
기념비처럼

당신의 손끝에서 다시 태어난 사슴이
바위 절벽을 타고 푸른 꽃이 피는 숲으로 돌아갈 때
환하게 웃었을 당신의 표정

사슴은,
두려움을 입고

한 세월을 끝없이 걷고 있는 당신입니다
동심원, 나선무늬 물결무늬 속으로

파도가 결국은,
물거품에 도달하기 위해서 허우적대며 달리듯이

슬픔 저 너머가
별들의 무덤이거나 칡꽃 무성한 보랏빛
숲인지 알지 못하지만

시인은 결코
추억을 버리지 않습니다
절뚝절뚝 절면서도 끌고 갑니다

랑빠우토림土林

셀 수 없이 많은 사암 기둥이 마치 숲처럼 솟아 있는 랑
빠우토림土林

기둥에 비친 붉은색과 그 속으로 기어드는 땅거미가
서서히 고이는
잎도 가지도 없이 민둥한

마치 수컷들의 성기 같은 그 숲에서 나를 탐험한다

흙은 나를 빚어낸 질료

나의 최초는 저 거대하고 순수한 자연의 생식기 속에
웅크리고 있던 작은 배아였을 것

한 덩이를 뚝 떼어 내 몸을 빚고 영혼을 불어넣었어 가
슴을 뛰게 했어

와! 하고 탄성을 지르게 했을, 나를 내려다보는 당신
이 나를 사랑하게도 했을

사람과 사람의 숲에서 형상이 다져지고 채색된 나는
생과 생을 이어주는 접속사일지도 모르지만

　다만, 저 붉디붉은 빛의 토림을 나는
　분만 중인 대지의 자궁이라 믿어본다

파노라마 언덕

카파도키아 괴레메에서 나는 석회석 비탈에
물총새 집처럼 아늑한 구멍을 파고
버섯 지붕을 얹고 그 속에서 당신과 등 기대어 살고 싶다

내 별자리 같기도 한
촘촘하게 짠 붉은 카펫을 깔고
아무런 치장도 없이
동그란 알을 낳고 알을 품으면서
바람 불어도 꺼지지 않는
별빛 불을 켜고

한 쌍의 물총새처럼 파노라마 언덕에 앉아
떠오르는 붉은 해를 바라보고
태양의 줄기가 가장 오래 머무는 언덕을 가르며 달리는
그 길로 당신의 뒷모습이 터벅터벅 걸어가고
드디어는 구릉진 숲에 이르러
잘 익은 무화과를 따는 동안 당신을 위해
나는 최초의 터키 커피를 끓이고 싶다

이제 그만 돌아오라고
커피가 식을까 조바심치면서 휘리리이~ㄱ~ 휘파람
불고
구멍 안으로 고단한 부리를 말아 넣고
여윈 몸 비비며 들어오는 당신에게
가장 해맑은 바람만 골라 호이호이~

휘파람 소리가 풀잎처럼 향기로운 아낙으로
터키식의 커피를 그야말로 잘 끓이는
터키의 아낙처럼 살고 싶다

어느 낙타의 회상

화염산에서 쌍봉이 다 문드러진 늙은 낙타를 본다

관광객을 태우고
지열이 불길처럼 흔들리는 고원을 오르내리던
저 길고 말라빠진 몸뚱이
갈지자로 다리를 끌며 붉은 사막을 혼자 떠돈다

주인에게 버려진 후 무리를 벗어나 그동안
다니던 길밖에 길을 몰라 그 길을 따라 흐느적거리는
짐이 뭔지 굴레가 뭔지를 아는 사막의 동물

낙타가 써 내린 저 갈지자들은
쓰다가 쓰다가 다 못 쓰고 죽더라도
어떻게든 자기만의 역사를 기록했을 소중한 문장들

뼈가 휘어진 후에야 겨우 등짐을 벗었지만
남은 것은 붉고 뜨거운 모래알뿐
물 한 모금 풀 한줄기 얻을 곳이 없다

사람이 빚진 낙타 한 마리
한없이 가벼워진 못난 아비
털이 앙상한 늙은 그림자 하나 친구로 따라온다

뭉그러진 발바닥으로
한 발짝 떼면 열 발짝 미끄러지지만
물을 찾자 사막을 건너자

저 아득한 풍경까지

굴비와 파라오

1
표정을 빼내고 감정을 건조한 미라
천하제일의 맛을 자랑하는 굴비가 해체되는 순간이다

몸에 배어있던 시간들은 초침 간격으로 말라버렸고
고요에 잠긴 꼬리는 자신의 한때 활력에 대해 몰두하
는 중이다

완성이라고 생각했던 꿈의 직조가 조각조각 뜯겨나간다
어제 꾼 나쁜 꿈으로 쪼그라든 기억은 이제 껍질일 뿐
이다

삶의 맥동을 놓아버린 지느러미가
질긴 침묵의 세계와 대결 중이다

2
질긴 침묵의 세계와 대결 중이던 파라오, 세계 최강의
제국을 호령했던 람세스 2세의 미라가 이집트 밖으로 반
출될 때

관계대상 품목에 미라 항목이 없어서 건어물 관세로 매겨졌다니 파라오와 굴비가 동일했다는 말과 같은 것 이므로

나는 그 사실에 대해

생명의 문장이 끝난 곳, 잠시 운행했던 삶의 궤적이 사라진 곳에 찍히는 마침표를 생각한다

에덴의 후예들

가본 적은 없지만
에덴동산은 거기 있었다
뱀은 삼삼해서 여자를 속였고
여자는 뱀의 입술에 닿았던 사과를 남자에게 먹였다

그래서
사과는 여자와, 남자와, 뱀을 한꺼번에 먹어버렸다
별빛 찬란하고 연초록 잎사귀 싱그럽고 꽃은 너무 아
름답고 먹을 건 넘쳐나서 밤마다 별미로 여자는 사과가
된 남자를 먹었고 남자는 뱀이 된 여자를 먹었다

그리고
여자와 남자는 서로에게 서서히 먹혔고
남자는 여자를, 여자는 남자를 서서히 소화했다

초록빛깔 단감이 붉은 태양을 먹고 붉게 물들어가듯
당신은 나의 색깔로 물들어가고 나는 당신의 색깔로
물들어가고 나에게서 당신이 걸어 나오고 당신에게서
내가 걸어 나오고

그리하여
나는 차츰 남자로 변해버렸고 당신은 차츰 여자로 변해버렸지
그 영원할 것 같았던 푸르른 숲에
난분분 백설이 내려 하얗게 덮어가는 계절

남자의 기관에는 퇴화한 여자의 흔적이, 여자의 기관에는 퇴화한 남자의 흔적이 조금씩 남아있다는, 우리는 세상이라는 벽에 그려진 얼룩이다

어떤 얼룩은 쉽게 지워지고
어떤 얼룩은 새롭게 그려지기도 하는

에덴의 후예들

글라디올라스sword lily

햇빛이 고여 있는 산허리,
네크로폴리스
각양 각층 각국 사람들의 무덤이 있어
무덤 공화국이죠
승리한 검투사에게 주어졌던
한 자루 칼 같은 붉은
글라디올라스가 검투사의 묘역에
꼿꼿이 세워져 있어요
온천수에 수십 번 피를 씻어낸 칼일까요
물방울에 젖은 꽃 한 송이가
검투사의 마지막 숨소리처럼 떨어져요
무덤 속에 잠든 당신의 뼈는
당신의 역사이며 당신의
모든 침묵을 열 수 있는 열쇠라죠
새빨간 글라디올라스가 나는
죽음에 대한 당신의 슬픔을 달래 줄 열쇠 같아요
여기 네크로 폴리스에서는 이승과
저승이 참 나란해요
눈빛 초롱초롱한 개양귀비와 들꽃들

폴짝 거미와 나는 틀림없는
죽음의 견습생인 거, 그렇죠 맞죠

묘지숲, 카페

사랑은 꽃을 피우는 푸른 나무, 그늘 깊은 나무에 핀
꽃송이가 떨어지고 있다

사랑은 마음에 오래 향기를 남기는 것

공동묘지가 둘러있는 피에르 로티 노천카페에 앉아 로
티가 사랑한 아지야데를 생각하는데

무수한 황금빛의 산란

보르포루스 해협, 이오의 멋진 뿔을 닮은 골든혼이 눈
앞에 펼쳐진다

제우스가 사랑한 여자 이오가 헤라의 저주로 암송아지
가 되었다가 원래의 모습으로 회복될 그때 빠진 털과 속
눈썹이 지금도 떠돌고 있는지

물결이 꼬불거리고 슬픈 사랑에도 미소가 피고 향수가
느껴지는 주인공들

그대들의 영혼은 지금 어디를 떠돌고 있나요

초승달이 떠오를 때 미소 지으면 다음 초승달이 떠오
를 때까지 미소 지을 일이 생긴다 했으니

피치카* 혹은 썸바디 투 러브

우리 춤출까요
땅거미 깔린 풀밭에서 텍사스 토끼들이 춤을 춘다
한 마리 토끼가 폴짝 뛴다
잠든 몸의 언어를 깨우며
연이어 다른 토끼가 폴짝 뛴다
마음만이 마음을 충전할 수 있지
절정은 아무래도 꽃이 활짝 피어오르는 단계
마음과 마음이 같은 색으로 물 들 때
화려한 빛 없어도 우주는 아름다워지고
아름다운 저 감정만이 우주를 탄생시키지
우린 모두 사랑의 기호들
버드나무들이 늪을 흔들며 춤을 춘다
꽃가루 뭉글뭉글 띄워 올리며
한때 저 물오른 버드나무 같았던 당신과 나
호수가 내려다보이는 숲에서 춤을 추었지
피치카 혹은 썸바디 투 러브
우리 둘이서 레이크 포레에서 춤을 추었지
피치카 혹은 썸바디 투 러브
가득 찬 우리의 잔이 넘칠 듯 찰방거렸지

※ 피치카: 이탈리아 남부 민속춤(독거미에 물린 통증을 춤으로 치료할 수 있다는 믿음에서 출발).

아폴론 신전, 시대

한때 최고의 풍경이었던 기둥들 깨어진 벽들
제목만 남아있고 문장은 다 찢겨버린 공허

까닭도 없이 밑바닥에서부터 차오르는 샘물
슬픔은 가면을 쓰지 않는 유일한 진실

하얀 대리석 기둥에 조각된 잎과 넝쿨은 아폴론을 피
해 도망 다니던 소녀의 맨몸일까 머리카락은 잎이었고
넝쿨은 팔이었던 아폴론의 첫 연인 다프네

대 지진 후 신전을 버리고 떠났을 그녀의 발은
이미 흙에 뿌리를 내리고
머리엔 풀줄기를 두르고 가시 돋은 넝쿨을
심장에 감고 원죄의 에덴에 길들었을지도 모르는데
나는 오히려 신을 위로하고 싶어진다

아무것도 바라지 않는 풍경 속에서
세상을 향해 쥔 손을 펴고

내리쪼이는 오월의 햇살 속을 끝없이 기어가는
저 마른 잎과 넝쿨은
그녀가 미처 걷어 들이지 못한 감정일까

슬픔의 줄기에는 잎까지도 슬픔일 뿐

포오덤 코티지

리치먼드 에드거 엘런 포 기념관을 들어서는데 고뇌에 찬 그의 표정에서 깍깍 까마귀 소리가

볼티모어 거리에 쓰러져 객사한 당신은 까마귀로 부활했군요

당신의 연인이 열네 살 소녀로 머물러있는 풋풋한 포덤마을 오두막으로 가는 길이 아늑하게 열리고 마치 한여름 숲이 몰래 낳아 숨겨둔 알처럼 하얀 나무집이 보입니다 그 코티지를 에워싼 빗소리가 내가 접근할 수 없는 울타리를 칩니다

한적한 바닷가 당신의 왕국

오직 당신과 어린 신부 에너밸리와 초록빛 빗소리뿐인데 꼭 어디쯤에는 잃어버린 내 반쪽의 영혼이 수선화로 펴있을 것 같습니다

은판으로 된 당신의 냉랭한 표정, 철썩이는 바다, 무

덤 같은 까마귀 소리와 달무리 진 하늘이 밤 내내 내 마음 안에서 울어댑니다

바닷소리 배달

1. 오전

만제도 뒷산 숲속의 작은 등대, 텅 빈 마음은 이미 공
중에 떠 있는 듯 세상을 등지고 바다만 줄기차게 바라본
다 거뭇거뭇 피어가는 저 검버섯 같은 뚝심은 아마도 잃
어버린 시간과 등대지기 할아버지를 향한 그리움일 터,
등대의 늑골을 들락거리는 바람은 어제의 바람보다 더
날 선 눈바람을 예고하고 나뭇잎들은 기를 쓰고 색깔을
바꾸는 중인데 나는 곧 떠날 것만 같은 그를 생각한다
서로가 기대지 않아도 따뜻해지는 등이 있다는 걸 너는
알 수 있을까

2. 오후

젖은 바위에서 따개비를 땄다 따개비만 집중하는 동안
칼날이 손가락을 깊숙이 파고들었다 피가 솟았다 그칠
줄 모르는 붉은 피, 어떤 용기가 내 손가락 끝에서 빨간
꽃봉오리로 몽글몽글 피어오르는 걸까 붉은 낙조가 미
친 듯 꿈틀거렸다 내 몸이 동백꽃처럼 뜨거워지는데, 나
는 나를 알지 못한다 심장이 뛰고 있을 뿐

3. 저녁

해녀가 널어놓은 미역이 자갈밭에서 꾸덕꾸덕 종일 말
랐다 펄펄 뛰던 미역귀의 기세가 순해지고, 별빛으로 물
든 바다 그 중심에서 밀려와 덮치는 파도의 하얀 소리,
물개처럼 옹기종기 앉아있는 갯바위들이 펄럭이는 파도
를 쭉쭉 찢어대는, 바다의 울부짖음을 모두 듣는다 갯바
위는 외로운 섬이 된 나와 귀 기울이는 이들의 마음을
오늘 밤 내내 다 찢을 모양이다 금방 어느 밥상으로 바
닷소리를 싣고 배달이라도 떠날 듯 자신만의 웨이브를
진지하게 준비하는 미역의 춤 앞에 나는 오늘의 방청객

4. 아침

적당한 곳에 마음을 앉힌다 차가운 물방울 턱까지 차
오른다 바닷속에 숲을 이룬 싱싱한 풀들과 등 뒤에서 떠
오르는 밝은 날이 내 어깨를 만진다 만제도가 소곤거린
다 가만있어, 가만가만, 가끔씩 그렇게 동그마니 섬이
되어 세파에 젖은 옷을 말리 거라 너를 바꾸려 애쓰지
말고 저 파도처럼 세월 한 폭을 끌고 냅다 달리는 거야
부딪치는 거야

피칸

등 푸른 생선처럼 자글자글 발등을 굽는 텍사스에 그
녀가 산다
　그녀는 아무 데나 자생하는 손바닥 선인장의 노란 꽃
을 닮았다

　뜰에는 늙은 피칸나무가 우람차게 서 있고
　나뭇가지에 매달린 그네는 주인을 잃은 지 오래

　투둑! 피칸이 떨어지는 현관문 옆에 〈12살 캔디의 무
덤〉이라
　쓴 작은 돌비석이 있다 그녀의 딸, 캔디의 파란 눈웃음
앞에 나는 꽃 한 송이를 꽂았다

　나무도 위태로운 초록을 견디고 나면
　스스로 선해져
　잘 익은 열매 떨어지는 소리가 경쾌하다

　앞뜰에 피칸이 떨어지면 어린 캔디는 피칸을 주웠고,
　써니는 오븐에다 피칸파이를 구웠다 캔디를 따라다녔던

늙은 개가 짜디짠 써니의 슬픔을 핥아준다

  한국말도 어눌하고 영어는 더 어눌한 그녀에게
  핏줄이라고는 오직 캔디뿐, 한 번도 가본 적 없는, 한
사람도 아는 사람이 없는 한국과 기억조차 없는 어머니
가 그리워서 마음속 깊이 웅덩이가 파인다

  새가 울 때 숲도 따라 운다
  하지만 써니는 울음을 꾹꾹 눌러 담는다

아라랏산은 지금, 아으으다으*

토루산맥을 꿈꿀 때면 서서히 눈 속에 파묻혀가던 백 향목 향기가 느껴진다

쌓인 눈으로 빈 곳을 채워가던 바위가 뒷배가 되어주 면 푸른 나무가 풍경이 되는 언덕바지 그 하늘 쪽으로

노아의 방주가 멈췄다는 아라랏산이 떠 있다 삼각뿔 빙선 한 척 정박해 있는 것 같다

햇빛이 비치면 해바라기가 돌 듯 해를 향해 도는 만년 설, 빛을 가득 싣고 떠 있는 빙선 눈 시린 전율

키도 발동기도 없이 흐르고 있는 우리는 모두 한 척의 배다

아라랏산은 지금 그리고 우리는 아으으다으

* 아으으다으: 아름답다는 (터키어).

4부

가거도佳居島 이야기

그가
컴컴한 민박집 마루에서 커피를 끓이고 있었어

한잔 드시겠어요?
쩡!
어둠을 흔들며 그가 불쑥 커피를 내밀었어
커피가 들려있는 그 손은
버너 불빛을 보고 뛰어든 호랑나비 같았지

아름다운 가거도를 구석구석 혼자서 종일 돌고
물길을 하얗게 가르며 등대로 달려온 낚싯배를 탔지
배는 돌이끼 덕지덕지 낀 시커먼 검은여 바위섬에 닿
았지

바위와 몸을 하나로 묶었던 그가, 밧줄을 풀고 올라
묵직한 그물자루를 배 바닥에 던졌지 그물 안에는 감성
돔들이 날 선 도끼날을 맞은 장작처럼 펄쩍펄쩍 뛰었고
그는 뱃머리에 서서 손가락에 담배를 끼우고 연기를 길
고 투박하게 푸~우 내 뿜었지

손가락 끝에서 튕긴 담배꽁초의
가느다란 빛이 바다 깊숙이 선을 그었지

무서운 소리를 내지르던
큰 파도가 잠잠해졌지

삶은 이렇게
잠잠해 지기 위해 가파르고 거칠었던 것인가

찻집, The 좋은 날

The 좋은 날, 찻집에서
봄비 속삭이는 망상해변을 엿본다

She가 찻집 문을 밀고 해변으로 나간다, 촉촉한
속삭임을 끌고 백사장에 한 줄로 발자국을 심고 있다
봄비가 연방 발자국을 지운다

찻집 안에 혼자 남은 He는 땅속으로 뿌리를 깊게
내리고 커피를 홀짝이는 겨울나무다

봄비는 왜 그녀의 등이 긋는 곡선에서부터
외롭고 적막한 겨울나무 속으로 녹아들고 있는지
마른나무는 아련히 뿌리까지 떨고 있다

멀리 있어도 늘 가깝게
아련하게 그리워지는 사람

슬플 때 위로해주고 기댈 수 있는 사람
그도 찻집 문을 열고 망상해변으로 나간다

딱딱한 껍질을 비집고 초록 부리를 쏘옥 내미는
봄, 오늘은 언제나 어제보다

The 좋은 날

고양이에게 오로라를

빛을 펼쳤다 오므렸다
반딧불들이 푸른빛을 내걸 때
문득 오로라가 자기에게
다섯 명의 아이를 주었다는 북극 남자가 생각났고
너는 에나보 호수 길로 사뿐사뿐 걸어와
가장 밝은 빛의 반딧불이 쪽으로 기어갔지

그리고 불꽃 한 송이를 꺾으려고 앞발을 드는 순간
꽃들은 모두 날아가 버렸지
오로라는 꿈속으로 사라졌지

시신경을 다 끌어모아
허리를 활처럼 끌어당기고, 점프
다시 허리에 힘을 가득 실어, 점프
점프…
점프…
현실은 언제나 냉정하지
청혼은 아마도 내일로 미뤄야 할 것 같은 밤, 망막에
촉촉한 물기가 반짝였어

개울을 지나 숲속을 지나 갸르릉 갸르릉
타운하우스 뒷마당까지 너는 나를 따라왔지
나는 그때 느꼈어

녹색의 오로라를
본 것 같았어
휘두르는 채찍처럼
빛을 뿌리는 오로라

붉은 여우 꼬리가 바위를 치면 일어난다는
불의 여우,
오로라를 너에게 보여주고 싶었어

느릅나무 우물
— 윤동주를 찾아서

느릅나무가 있는
느릅나무 아래 깊은 우물이 있는
우물곁에
그 옛날에도 있었던 명아주, 쇠비름을 비켜서서
우물 안을 들여다봅니다
문득,
끈이 긴 두레박을 내리고
한 청년의 얼굴을 퍼 올리고 싶어집니다

바람의 손길도 닿지 않는
깊은 우물 속
깜깜한 표정 하나가
운명의 소용돌이가 웅얼거리지만

수면은 아득한 세월처럼 너무 멀어서
나는 우물의 말을 알아들을 수가 없습니다

느릅나무 한 잎이 지느러미를 흔들며
우물 속으로 빠져듭니다

북촌

깜깜한 어둠이 두 눈을 감아라 한다
네 마음 하나 짚고 믿어라 그리고 따르라 한다

어둠이 '나'란 바코드를 인식하자
개울 물소리, 산새 소리가 내 흔들림을 잡아준다

나는 완전한 어둠의 한 부분이 되어
날개를 펴고, 내 앞을 가로막은 벽을 더듬어, 열리지
않던 너의 문을 지나고 세상만큼 위태로운 난간을 짚으
며 나아간다

그제야 내 안으로 쏴아 물굽이가 머리를 돌리는 소리
구질구질한 세상사의 찌꺼기로 막힌 개울을 트고
또 트면서 흐른다

행복하다, 저 물소리
이때까지 들어본 어떤 소리보다 아름답다, 이 새소리

어둠의 함성은 고요다

알

밤이 깨어지자, 껍질 깨어진 둥근 알에서
생을 감쌌던 물질 같은
뿌연 안개가 진득하게 흘러내린다

한 생生의 바람을 막아준
얇은 껍질이 까칠하다

골과 골 사이를 마루와 마루사이를
넘쳐흐르던 안개가
검고 딱딱한 바위 속에
감각의 파장을 다 말아 넣었을 때쯤

노란 알
한 덩어리가
둥글게 떠오른다

탁!
타자가 친 공의 행적처럼

해가
낙하하지 않고 점점 더 높이 떠오른다
그리고 유람을 떠난다
생성과 소멸을 함께 태우고

바다의 골목 2

흰 두루마기를 펄럭이며 산맥을 넘어온다

골목골목을 돌아 갓 쓴 바람이 온다

밤눈이 밝아 하룻밤에도

고개 서너 개쯤은 넉넉히 넘으시던

고개를 넘다 만난 짐승에게는 훈기가 느껴지고

사람에게서는 냉기가 쓰려온다고 하던

훈기보다는 확 끼치는 냉기가

소름 돋게 한다고 하던 아버지

모래를 헤집어 조개껍데기를 줍는다

흰 껍질과 검은 껍질로 헛집을 짓는다

모래 위에 깔린 헛집마다 바람이 살고 있는

당신의 차안과 피안이 따뜻하기를

달팽이 경전

어머니 사십구재가 끝나는 날
명주달팽이 한 마리 내 텃밭으로 들어온다
뿔이 슬쩍 풀잎에 꿰어있는 이슬을 들이받는다
이슬이 유리알처럼 깨진다
텃밭에는 어린 배춧잎들이 한창 옹알이 중인데 헐렁한
바랑을 짊어진 채로 어린 배춧잎을 맛나게 드신다
먹는 것이 성불이요 자는 것이 열반이라 했으니
실컷 드시라고 나는 밥상머리를 지켜드리는데
스님이시다, 어머니 목소리 들린다
공양을 끝낸 명주달팽이 가뿐하게 바랑을 다시 고쳐
매고
뿔을 휘저으며 생의 목적지를 향해 길 떠나시는데
여시아문如是我聞하사오니
멀어져가는 바랑에서 금강경 소리 낭랑하다

돌아온 학

학 한 마리가 학의천으로 돌아왔다
징검돌 사이에서
물에 비친 제 얼굴을 들려다 본다
송사리들이 얄랑거린다
우아한 학의 얼굴이 구겨진다
구겨진 얼굴을 반듯하게 펴 보려고
물 중심에 부리를 꽂는다
이마에 찍혀있는
아비를 꼭 닮은 까만 점을 톡톡 쪼아본다
부리에 꺾인 물굽이가 활짝 손바닥을 펼친다
형언할 수 없는 행복이 몰려들어 온몸을 적신다
무병장수와 행운을 가져다준다는, 새
세워져 있는 벼이삭은 절대 먹지 않는다는, 새
가을걷이 후 땅에 떨어진 것만 먹는다는, 새
경중경중 온 들판의 무논을 다 누비던, 새
쓰레질하는 아버지의 뒤를 쫓아다니던 새
아비어미는 어디 가고 혼자 고향을 찾았을까
푸른 댓잎 스치는 소리
감꽃 떨어지는 소리
숟가락 부딪히는 소리를 듣고 싶었을까

조선 항아리

깨진 항아리 목에 철사로 테를 감는다

배 둘레가 볼록하고 팡팡한 약간은 투박하고 입술이 도톰한 항아리 속을 깨끗이 닦아내고 한 아름 들꽃을 꺾어와 꽂으시던 어머니, 꽃항아리 시민이 되어버렸다

어느 날부터 꽃항아리 속에서 노루가 뛰어나오고 장끼가 푸드득 날아오르고 백두산 호랑이 새끼 두 마리가 고물거린다는

어미 호랑이가 큰 바위 위에서 어흥 하면서도 제 새끼 예뻐하는 어머니의 손길은 아는지 빙그레 웃는다는 어머니의 항아리

어머니의 어머니가 김치를 담가 머리에 이고 십리 길을 달려왔다는 항아리

육이오 때 폭격으로 장독대가 폭삭 깨졌을 때도 쌓인 사금파리들 속에서 말짱하게 주인을 기다려주었다는 항

아리

철사 한 가닥으로 어머니의 꿈나라 공화국을 재건한다

맨발의 소녀

　배에서 내리기도 전에 맨발의 소녀가 귀여운 날도마뱀
처럼
　날아와 내 손을 잡아준다 맨발의 소녀에게
　내 신발을 맡기고 나도 맨발로
　거친 바위를 타고 미완성의 밍군대탑을 오른다

　발바닥을 믿지 못하는 나는 엉금엉금 기어오르고
　발바닥을 믿는 소녀는 날도마뱀 같은 발가락을
　바위에 밀착시켜, 중단된 채로 300년이 흐른 탑
　그 허무의 지점까지 자유롭게 뛰어오른다

　아주 정확한 발음으로
　조심하세요
　까만 눈동자를 반짝거리며 내 옆구리를 받쳐준다
　저기는 사자상
　여기는 밍군종
　저기는 사자 눈알
　새하얀 잇속으로 또박또박 유물들을 소개한다

한국드라마를 보면서 한국어를 배웠다는
소녀의 맨발은 푸른 나무가 가진 튼실한 뿌리다

데카르트를 읽으며

거울 속 내 얼굴이 미워 얼굴을 친다

거울이 산산조각 모래알로 부서져 내린다

혹시 나는 명사산 구멍 뚫린 모래였거나

모래의 공명을 통과한 휘파람이었을까

저 모래가 거울이 되기까지

얼마나 숱한 바람을 견디며

얼마나 오래 사막을 떠돌아야 했을까

한 자루의 초에 켜져 있는 불꽃이

존재를 드러내며 반짝이다가

바람도 없는데 꺼져버린다

불타던 내 몸이 하얀 꽃으로 져버리면

나는 또 어느 강물에 실려 흘러 갈까

개기일식

버지니아비치 채석빈베이에서 99년 만에 찾아온
개기일식을 만났다
어둠이 빛을 갉아먹기 시작했다
누에가 뽕잎을 먹듯
빛이 가장자리부터 녹아내리듯
청색 바다와 푸른 하늘
흰 구름과 꽃, 깔깔대는 아이들과
모든 아름다운 것들을
어둠이 휘감은 채 진동하며 떨었다

이윽고 99퍼센트의 어둠과
명주실 한 올 정도밖에 남지 않은 빛
빛이 사라져버린 모래밭에 나도 모르게
두 무릎을 꿇었다

희망은 거의 다 사라진 것 같았다
하지만 만만하게 패배할 수 없다는 듯 태양은
다시 온 힘을 다해
착은착은

잃어버린 빛을 되찾아오기 시작했다

놀라워라, 빛의 귀환
어둠에서 방금 돌아와
세상을 관통하는 저 장중한 빛의 문체
절망의 시간은 순간으로
끝나고 기적이 수면 가득히 깔렸다

만 마리 물고기

가다가 닿는 곳이 머물 자리
용왕의 아들을 따라 물고기 떼가 산으로 몰려왔다
안개비 내리는 날 만어사에 가면
등을 푸르게 번쩍이며 흐린 강 거슬러 오르는,
부레 대신 종을 매달고 있는,
물고기들을 만날 수 있다
미륵님이 돌의자에 앉아 법문을 펼 때마다
뻐끔뻐끔 받아먹은 법문이 몸 안에 차곡히 쌓인
만 마리 물고기들은
돌로 등을 치면 아름다운 종소리가 난다
세상소리 세상냄새 세상맛이 없는 깊은 산속에
인간보다 늙은 물고기들이 불심의 집을 짓고
너덜겅으로 얼기설기 얽혀있다
물고기 꼬리들이 물바람을 일으킨다
저 은빛 물바람의 씨알
어느 메마른 마음 밭으로 날아가 떨어지면
무슨 색깔의 꽃을 피울까
돌 속에 웅크리고 있는 푸른 말들이 궁금하다

'발가락이 노란 새 한 마리'–놀라운 이미지와 시적 음악성의 힘

호 병 탁(시인 · 문학평론가)

1

일반적으로 문학은 정서나 사상을 상상의 힘을 빌려서 문자로 나타낸 예술작품으로 정의된다. 그렇다면 문학은 '상상想像'이란 말이 의미하는 바와 같이 '사실'이 아닌 글, 즉 '허구'로 정의될 수 있다. 그러나 사실과 허구의 구분은 모호하다. 당장 「창세기」 저자들은 세상과 인류의 창조, 죄의 기원, 낙원의 상실을 기록하며 자신들이 역사적 진실을 쓰고 있다고 생각했을 것이다. 그러나 지금 이들의 글은 어떤 사람들에게는 사실로 읽히기도 하지만 대개의 사람들에게는 허구로 읽힌다.

그렇다면 문학은 허구적, 즉 상상적인 글인가 아닌가에 따라 정의될 수 있는 것이 아니라 언어를 특별한 방식으로 선택하고 사용하는 것을 근거로 정의되는 것이 바람직할 것 같다. 즉 문학의 형식적 요소인 소리, 이미

107

지, 리듬, 구문, 여러 서술기법 등 제반 장치를 채택하는 것이다. 문학을 정의하려는 시도들은 고대로부터 다방면으로 계속되어 왔다. 그러나 최소한 필자의 생각으로는 '언어의 특별한 운용'이라는 이 명제는 가장 일반적이고 보편적인, 또한 예술작품으로서의 문학을 이해하는 데 오류가 없는 정의가 될 것 같다. 우선 작품을 보며 논의를 계속하기로 하자.

발가락이 노란 새 한 마리 숲을 꿰고 있습니다

새의 맥박소리 가늘게 흔들려 고요를 꿰고 있습니다

돌이 물밑에 가만 엎드려 물살을 꿰고 있습니다

시간이 소리를 꿰고 소리는 시간을 꿰고 있습니다

물뱀이 단풍을 시침질하는 햇살을 꿰고 있습니다

푸른 물잠자리 날개가 바람을 꿰고 있습니다

너와집 처마 그을음이 가을의 중심을 꿰고 있습니다
                                          ─「물수제비」전문

시「물수제비」는 시집을 대표할 만한 중요한 의미가 담긴 작품인데, 독자도 필독해 보아야 할 가치를 갖는 작품이 될 것이다.

작품은 일곱 개의 행들이 각각 하나씩의 연을 만들고 있다. 따라서 작품은 일곱 연으로 구성되어 있지만 전체적으로 짧고 깔끔하다. 우선 다가오는 이 시의 매력은 너와집이 보이는 가을 산촌의 맑고 깨끗한 서경敍景의 능력에 있다. 마치 롱테이크 기법으로 찍은 선명한 영상을 보는 느낌이다.

시인은 먼저 숲을 가로지르는 한 마리 새를 포착한다. 그런데 시인의 포커스는 그 새의 "발가락이 노란" 것까지도 놓치지 않는다. 숲의 고요는 "새의 맥박소리"도 들릴 것 같다. 시인의 섬세한 감각은 또한 물살을 꿰며 "돌이 물밑에 가만 엎드려" 있는 것도 영상에 담는다. 그리고 잠깐 호흡을 고르며 이런 정경이 "시간이 소리를 꿰고 소리는 시간을 꿰고" 있다고 생각한다. 다시 서경은 계속된다. "물뱀이 단풍을 시침질하는 햇살을" "푸른 물잠자리 날개가 바람을 꿰고" 있는 것을 포착하고 마침내 "가을의 중심"에서 "너와집 처마 그을음"까지 보여주며 그림 같은 영상의 막을 내린다.

조국 산촌의 여러 아름다운 가을 풍광은 우리 모두에게 익숙한 경치다. 단풍이 물드는 숲, 숲을 나는 새, 투명한 개울물, 그 위를 비추는 맑은 햇살은 대할 때마다 모국의 아름다움을 새삼 느끼게 하지만 우리를 압도하는 거대하고 웅장한 풍광과는 거리가 멀다. 그저 가을의 산하에서 흔히 볼 수 있는 매우 '낯익은' 풍경일 뿐이다.

그러나 시인은 이런 익숙하고 낯익은 풍경을 특별한 방식의 언어사용으로 작은 부분의 특징까지 낯설게 만들면서 선명하게 부각시켜내고 있다.

이제 글의 초입에서 문학의 정의를 언급하며 거론되기도 한 '특별한 언어 운용 방식'을 구체적으로 살펴보자.

2

인간의 언어는 인류의 경험이 축적된 결과로 생긴 의미의 기호다. 그런데 언어를 독특하게 사용함으로서 그 의미의 모체인 경험을 자극하여 재생시킬 수 있다. 사람의 경험이란 우선 감각을 통해 지각되는 외부세계에 대한 인식이다. 문학 언어는 바로 이런 감각적 지각을 자극하는 능력과 이를 십분 응용하려하는 독특함이 있다. '심상', 즉 '이미지'다.

그런데 심상은 시·청·후·미·촉각의 오감이 동시에 함께 어울리며 발현되기도 한다. 또한 오감 뿐 아니라 희로애락과 같은 정서적 충동을 야기하는 심상들도 얼마든지 나타나게 마련이다.

첫 연에서는 "발가락이 노란 새 한 마리 숲을 꿰고" 있고, 둘째 연에서는 그 "새의 맥박소리 가늘게 흔들려 고요를 꿰고" 있다. 발가락이 '노란' 색깔의 새는 우리의 시각적 심상을, 새의 '맥박소리'는 우리의 청각적 심상을 자극한다. 셋째 연에서는 "돌이 물밑에 가만 엎드려 물살을 꿰고" 있다. 물밑에 가만히 엎드려 있는 '돌의 모습'은 우리의 눈을, 그 위에 흘러가는 '물살의 소리'는 우리의 귀를 가볍게 건드리고 있다.

새의 맥박소리까지 느낄 수 있다니 얼마나 고요한 숲인가. 이런 '고요함' 속에는 새의 날갯짓 소리도 흐르는 물살의 소리도 충분히 지각될 것이다. 그런데 맥박도 날갯짓도 물살도 움직이는 것이고 모든 움직임에는 힘과 시간이 작동한다. 그래서 '소리' 또한 비로소 발생할 수 있는 것이 아닌가.

시인은 넷째 연에서 이런 자연의 이치를 "시간이 소리를 꿰고 소리는 시간을 꿰고" 있다고 간명하게 발화한다. 이 작품에서 처음이자 마지막인 세계 이해를 위한 시인의 관념이 얼핏 드러나는 진술이라 볼 수 있다. 그러나 따분한 설교조의 '가르침'과는 한참 거리가 있다. 시인은 이어 자신의 진술을 증명이나 하듯 계속하여 숲의 정황을 묘사한다.

다섯째 연에서는 물뱀이 "단풍을 시침질하는 햇살" 아래 물살을 헤엄쳐 건너가고 있다. '시침질'은 옷을 완성하기 전에 먼저 몸에 잘 맞는지 보기 위해 대강 하는 바느질을 의미한다. 소위 '가봉假縫'함을 말한다. 그렇다면 계절은 한참 가을인 것은 맞지만 겨울 직전의 만추는 아니다. 햇살이 나무의 붉은 단풍 옷을 가봉하고 있는 중이기 때문이다. "시침질하는 햇살"은 의외의 신선한 비유로 일반적 심상보다 한 차원 높은 시적 전개라 아니할 수 없다.

여섯째 연에서는 "푸른 물잠자리 날개가 바람을 꿰고" 있다. '바람' 역시 기압의 변화에 의하여 일어나는 공기의 '움직임'이다. 맑고 깨끗한 가을의 대기가 "푸른 물잠자리"의 날개와 어우러지며 한층 선연하게 드러난다. 고요한 숲 속의 작은 '정중동'의 모습들이다.

마지막 연에서는 "너와집 처마 그을음이 가을의 중심을 꿰고"있다. 새도 물뱀도 잠자리도 숲과 바람처럼 자연의 일부일 뿐 사람과 함께 기거하는 것은 아니다. 그러나 '너와집'은 사람이 그 안에서 직접 사는 곳으로 이 작품에서 처음으로 인간 냄새가 풍기는 장소다. "처마 그을음"에 시선을 모둘 필요가 있다. '그을음'은 아궁이 같은 곳에 불을 피울 때 연기와 함께 섞여 나오는 검은 먼지 같은 것으로 세월이 흐르며 이것이 내려앉은 처마, 벽, 천장 같은 곳을 까맣게 변색시킨다. 너와집은 얇은 돌조각이나 널빤지로 지붕을 인 강원도 깊은 산골에서나 볼 수 있는 보잘 것 없는 집이다. 더구나 처마의 그을음으로 보아 이집은 새로 지어진 집이 절대 아니다. 우리가 주시할 점은 "너와집 처마 그을음"이 신산한 삶의 모습을 정확하게 은유하고 있다는 점이다. 오랜 풍상을 견딘 산골 집에서 사는 순박하지만 초라한 사람의 삶이 이 시구에서 역력하게 드러나고 있는 것이다.

여기서 우리는 시인의 연민의 감정과 이에 따른 관념

을 느낀다. 그러나 이를 직설적으로 표출하지 않는다. 시인은 하늘의 달을 가리키지는 않는다. 물 위에 일렁이는 달을 가리키고 있을 뿐이다.

3

시는 '소리와 의미의 유기적 결합'이란 말이 있다. '즐거운 관념과 음악의 결합'이라는 말도, 더 나아가 '아름다움을 운율적으로 창조한 것'이란 말까지 있다. 그만큼 시에 있어서 소리나 음악성은 내용이나 의미에 못지않게 그 중요도가 크다는 말이 된다. 서정시는 영어로 '리릭lyric'이라 부른다. 이 말의 어원은 '리라'라는 고대 현악기 이름이다. 이를 보더라도 음악성은 시를 규정하는 가장 큰 요소의 하나이다.

음악성은 시에서 두 가지 큰 역할을 한다. 아름다운 소리는 그 자체로 우리에게 즐거움을 주는 동시에 의미와 내용을 분명하게 하고 소통을 쉽게 해준다. 결과적으로 시란 듣기에 즐거운 소리를 사용하고 나아가 의미와 내용을 그 소리에 실어 표현하는 것이라고도 말 할 수 있다.

시인은 이런 시의 음악성을 위해 흔히 사물의 소리나 움직임을 흉내 내는 의성어·의태어를 도입한다. 또한 문장과 작품 전체에 '리듬'을 싣는 방법을 찾는다. 위 작품에는 의성·의태와 같은 시늉말은 없지만 완벽하다고 볼 수 있는 리듬이 있다. 나는 특별히 이 작품이 보여주는 리듬에 집중하고자 한다.

리듬은 규칙적인 반복에서 발생한다. 해는 동에서 떠 서로 지고, 낮이 지나면 밤이 온다. 밀물과 썰물이 반복되고 사계절의 순환도 반복된다. 자연 현상뿐 아니라 인간의 몸도 마찬가지다. 신체의 리듬은 생리학적 기초를 갖고 있으며 심장의 박동과 내쉬고 마시는 호흡은 그 중 가장 중요하고 현저한 것이다. 평소 우리가 의식하지 못하지만 이는 우리의 생명에 직결되는 동작이다. 따라서 시의 리듬은 작위적인 것이기 보다는 아주 자연스러운 것이라 할 수 있다.

작품에서 각 행의 모든 문장은 '−이' '−을' '하고 있습니다'라는 통사구조로 구성되어 있다. 즉 유사한 시행이나 이미지가 같은 위치에서 '병치倂置'되고 있는 것이다. 이는 형태가 유사한 언어적 표현을 전제로 한다. 그런데 이 시는 유사함을 넘어 정확히 동일한 종지형을 채택하고 있다. 즉 '하고 있다'는 동작에서 '하다'에 해당하는 동사마저 모두 '꿰다'를 견인함으로 모든 종지형이 "꿰고 있습니다"가 되고 있는 것이다. 이런 경우는 매우 드물다. 이 동일한 종지는 화자의 정서를 한층 배가시키며 그것을 효과적으로 드러내는 역할을 하고 있다. 특별히 눈에 띄는 언어운용이라 하지 않을 수 없다.

결과적으로 시 전체는 '−이 −을 꿰고 있습니다'라는

언어형식으로 반복과 병치를 동시에 보여 준다. 그렇다면 '−이'라는 주어와 '−을'이라는 목적어는 동일한 종지 앞 동일한 위치에 병치되고 있기 때문에 등가의 의미를 갖는다고 볼 수 있다. 맞다. 숲을 꿰고 고요를 꿰는 새 한 마리와 그것의 맥박소리, 그리고 물살을 꿰는 물밑의 돌 등, 시에 나타나는 모든 사물의 표정은 '고요 속의 움직임'이라는 의미를 가지고 공히 여실한 가을의 서정을 말해주고 있는 것이다.

그런데 '꿰다'라는 동사를 '실을 꿰다'와 같이 어떤 것을 이쪽에서 저쪽으로 맞뚫리게 하는 일반적 의미로만 읽어서는 안 된다. 꼬챙이 따위에 나란히 꽂는 의미로도, '소매에 팔을 꿰다'처럼 옷을 입거나 신을 신는 의미로도, 어떤 사정이나 내용을 을 환히 아는 의미로도 읽어낼 수 있다. 실제로 '꿰다'라는 말에는 이런 여러 의미가 함축되어 있다. 셋째 연까지는 일반적인 의미의 '꿰다'가 되겠지만 물뱀은 가을 햇살을, 잠자리는 가을바람을 '걸쳐 입고' 있는 것으로 읽을 수 있다. 또한 시간은 소리가, 소리는 시간이 발생하는 원인과 관계의 이치를 '환히 알고' 있다고 독해할 수도 있는 것이다. 이런 함의를 가진 어휘의 반복과 병치는 추론이나 논의 대신 추억이나 서정, 상상력을 일깨워 주는 중요한 기능으로 작동하고 있다.

소리의 음악성과 관련하여 이 작품에서 간과할 수 없는 또 하나의 요소가 있다. 부드럽고 즐거운 느낌이 드는 'ㄹ'음의 반복 효과다. 주어·목적어로 사용되는 명사를 일별해보자. '발가락' '돌' '물밑' '물살' '소리' '물뱀' '시침질' '햇살' '물잠자리' '날개' '바람' '그을음' '가을' 등, 한결같이 'ㄹ'음이 견인되고 있는 모든 어휘들은 벌써 아름답게 반짝인다. 이 작품에서 색깔을 나타내는 유일한 형용사 '노란' '푸른'도 역시 마찬가지다. 시인은 익숙하고 낯익은 조국의 가을 풍광을 맑고 깔끔하게 서경하고 있다. 초라한 너와집이 보이는 산촌풍경에서 연민의 감정이 어른거리지만 결코 압도하는 비애에 빠지게 하지는 않는다. 'ㄹ'음은 무겁거나 심각하지 않다. 맑고 깨끗한 서정과 이 음의 반복은 아주 잘 어울리며 좋은 조화를 이루고 있다.

작품이 보여주는 의외의 아름다운 심상과 완벽에 가까운 음악성을 대하며 이 시는 이번 시집에서 개인적으로 가장 선호하는 작품이 되었음을 고백한다.

4

이번에는 제목도 낯선 「태모필」이란 작품을 보자.

진한 먹물에 붓을 찍습니다 생명선이 살아있어
차람차람 붓끝이 차진 태붓
떨리는 듯 곧은 선을 긋습니다

태 안에서 그리고 태어나서 다시 백일을
더 자란 딸애의 머리카락에서 따스한 울림이
고물고물 기어 나와 그의 심장에 닿습니다 그렇게
사군자를 쳤고 좋은 글귀 뽑아 열두 폭 병풍
준비해 두었는데

시집을 안가겠다 물러서지 않는 딸
30여년 걸어놓았던 실고리가 삭아 걸지조차 못하는
붓만 같습니다

한때 붉은 발가락이었고 말랑말랑한 마디였고
솜털이었던 저 닮은 손주라도 안고 온다면야 명주실로
짱짱한 고리를 만들어 붓걸이에 걸어둘 것인데
책상서랍 구석으로 밀어내 버린
침묵 한 자루

근 삼년 만에 그가 다시 붓을 잡습니다

젖배 곯은 아기가 젖을 빨 듯
물 타지 않은 진한 먹물을 빨아들이는 붓
그가 탱탱해진 붓을 어르고 달래는 일은 침묵에 빠진
자신을 구출해 내는 일

잎 성근 잣나무 한 그루 일으켜 세웁니다 그 아래
쌓기도 하고 흩기도 했던 한 생의 명암이

누군가를 사랑했던 그의 호흡들이 골고루
펴 발라진 오두막 한 채

지난한 한 생을 떠받힌 서까래가
그저 고요히 달빛을 뿜어냅니다
— 「태모필胎毛筆」 전문

　시인은 "생명선이 살아"있는 붓에 "진한 먹물"을 찍어
"떨리는 듯 곧은 선"을 긋는다며 작품의 문을 열고 있다.
솔직히 필자의 무지는 '태모필'이 어떠한 것인지 알 수가
없었다. 쉽게 '태모胎母'가 태아를 가진 어머니라는 뜻으
로 임부를 이르는 말이 아닌가 생각했다. 그러나 이어지
는 연의 "태 안에서 그리고 태어나서 다시 백일을/ 더 자
란 딸애의 머리카락"이란 문장에서 태모필은 구체적 의
미를 정확하게 드러내고 있다. 즉 백일이 된 어린아이의
머리털로 만든 붓이 되는 것이다. 그렇고 보니 "생명선
이 살아"있다는 말도 타당한 진술로 수긍이 간다.
　"떨리는 듯 곧은 선"을 긋는다는 말은 일종의 아이러
니다. 떨린다는 것은 흔들리는 것이고 이 경우 반듯하게
'곧은 선'은 논리적으로 절대 그을 수 없다. 그러나 시인
은 논리상 모순을 범하면서도 자신만의 뚜렷한 어떤 의
미를 표현하려 한다. '임은 갔지만 나는 임을 보내지 않
았다'는 유명한 시구와도 유사한 표현으로 '떠나버렸지
만 사랑하는 그 임은 마음속에 영원하다'는 소리와 마찬

가지다.

자기 자식의 백일 된 머리털로 만든 붓으로 글씨를 쓴다면 아무래도 그 깊은 감회에 '마음'은 떨릴 것이다. 더구나 둘째 연에서 "딸애의 머리카락에서 따스한 울림이/고물고물 기어 나와 그의 심장에"까지 닿고 있다. 어찌 떨리는 마음이 되지 않을 것인가. 그러나 마음은 그렇다 쳐도 그는 "사군자를 쳤고 좋은 글귀 뽑아 열두 폭 병풍"까지 준비해 두었을 정도의 숙달된 서예가다. 당연히 오래 숙련된 그의 '손'은 여전하게 반듯한 글씨를 쓸 것임에 틀림없다. "떨리는 듯 곧은 선"은 바로 이런 화자의 특별한 심정을 표현한 것이라 볼 수 있다.

현대의 문학 연구가들은 아이러니 같은 다의미적 언어 사용을 중시한다. 문학적 문체를 '모호성ambiguity'에 두는 연구가들도 다수다. 이 또한 이 글 초입에서 언급한 바처럼 문학을 '언어의 특별한 운용'으로 보는 현상의 하나에 해당될 것이다.

5

그리고 세월이 흘러갔다. 늙은 아버지에게 큰 문제가 생겼다. "30여년"이 지난 지금, 딸은 아직도 "시집을 안 가겠다 물러서지 않"고 있는 것이다. 아버지에게 딸의 지금 모습은 "걸어놓았던 실고리가 삭아 걸지조차 못하

는 붓"과 같다. 그리고 그 붓은 "서랍 구석으로 내밀어내
버린/ 침묵 한 자루"에 불과하다. 딸은 "한때 붉은 발가
락이었고 말랑말랑한 마디였고/ 솜털"이었다. 그런 딸의
모습을 "닮은 손주라도 안고 온다면" 당장 "명주실로/
짱짱한 고리를 만들어 붓걸이에 걸어둘 것인데" 현실은
그 반대다. 고리는 삭아 붓을 걸지도 못할 상태가 되고
만 것이다.

　아버지의 고뇌가 표출되고 있는 이 3·4연에는 딸에
대한 비유가 세 가지로 나타나고 있다. 우선 딸은 이제
고리가 삭아 걸지도 못하는 "붓만 같"다. 직유다. 그런데
그 붓은 내밀린 "침묵 한 자루"다. 은유다. 딸은 "붉은
발가락이었고 말랑말랑한 마디였고/ 솜털"이었다. 또 다
른 은유다. 소위 직유·은유가 모두 사용되며 딸의 모습
을 생생하게 그려내고 있다.

　필자는 앞의 「물수제비」를 읽으며 인간경험은 우선 감
각을 통한 외부세계에 대한 인식이며 문학적 언어는 바
로 이런 감각을 자극하는 능력을 발휘하는 독특한 힘이
있다고 말한 바 있다. 바로 '심상'이다. 그런데 이런 심상
을 보다 시적으로 전개하면 비유metaphor로 나타나게 된
다. "서랍 구석"에 내밀린 "침묵 한 자루"는 붓을 말하는
것 같지만 실상 시집가기를 마다하는 딸의 현재 모습을
적절하게 그리고 있는 메타포가 아닐 수 없다.

　다섯 째 연은 "근 삼년 만에 그가 다시 붓을 잡습니다"
라는 한 행이 전부다. 그리고 잠시의 휴지休止가 있다. 휴

지는 작품의 의미 단속과 호흡을 조절한다. 지금까지 이 연의 앞에서는 딸에 대한 진술이었다. 그러나 이후는 아버지 자신에 대한 진술이다.

여섯 째 연부터는 이제 "다시 붓을" 잡은 아버지의 심경과 그 정경이 묘사된다. 붓은 "젖배 곯은 아기가 젖을 빨 듯" 붓이 "먹물을 빨아"들인다. 이 문장은 젖먹이 어린 딸아이와, 그 아이의 백일 자란 머리카락으로 만든 태모필이 동시에 관련되는 비유가 되고 있다.

아버지는 먹물을 빨아들여 "탱탱해진 붓을 어르고 달래는 일"을 수행한다. 글씨 쓰기 전 서예가의 통상적인 모습이다. 그러나 내적으로 그 일은 "침묵에 빠진/ 자신을 구출해 내는 일"이기도 하다. 또한 그가 붓을 다시 잡는 일은 "잎 성근 잣나무 한 그루 일으켜" 세우는 일과도 같다. 당연히 잣나무는 잎이 무성해야한다. 따라서 성근 나무를 다시 세우는 일은 자신을 구출하는 일과도 다름없는 것이 아닌가.

일곱 번째 연에서 시인은 늙은 아버지의 붓 아래에서 "한 생의 명암"을 본다. 또한 "누군가를 사랑했던 그의 호흡"을 느낀다. 그런 애달픈 모든 것들이 아버지가 기거하는 "오두막 한 채"에 "펴 발라"져 있다. 이제 '오두막'이 등장하며 시적 정서는 최고조에 달하고 있다.

그리고 여덟 번째 연에서는 지금까지의 모든 정서가 갈무리되어 마침내 절창 같은 한 곡조가 터져 나오며 작품은 마감된다.

121

"지난한 한 생을 떠받힌 서까래가/ 그저 고요히 달빛을 뿜어냅니다"

나는 앞에서 삶의 고단함을 은유하고 있는 "너와집 처마 그을음"을 주시한 바 있다. 여기서는 "달빛을 뿜어"내는 "서까래"다. 천장을 다듬고 종이까지 발랐다면 서까래가 드러날 일이 없다. 그러나 서까래는 드러나 있고 게다가 그것은 달빛까지 뿜어내고 있다. 그렇다면 그 집은 오랜 세월 풍상을 견딘 작은 초가에 불과하다. 아버지가 태모필로 "사군자를 쳤고 좋은 글귀 뽑아" 열두 폭 병풍의 글씨를 썼던 곳은 기와집 사랑채가 아닌 '서까래가 달빛을 뿜는 오두막'이었던 것이다. 그 속에서 아버지는 아직 시집도 못 간 딸을 키우고 뒷바라지하며 한 생을 보낸 것이다. 아버지의 신산한 삶이 역력하게 비유되고 있는 대목이다. 그럼에도 '생의 간난'을 드러내는 어떠한 관념·사변적 어휘 하나 없다. 그런 모든 것은 달빛 반사하는 서까래 뒤에 어른대고 있을 뿐이다.

사방은 달빛만 비칠 뿐 "그저 고요"하기만 하다. 그러나 우리 가슴을 파고드는 서정적 감동은 절대 고요하지만은 않다.

6

겨우 작품 두 편 읽었는데 많은 지면을 허비하고 있

다. 아직 많은 좋은 작품들이 독서를 기다리고 있지만 그 중 절대 지나쳐서는 안 될 작품이 하나 있다.

> 가다가 닿는 곳이 머물 자리
> 용왕의 아들을 따라 물고기 떼가 산으로 몰려왔다
> 안개비 내리는 날 만어사에 가면
> 등을 푸르게 번쩍이며 흐린 강 거슬러 오르는,
> 부레대신 종을 매달고 있는,
> 물고기들을 만날 수 있다
> 미륵님이 돌 의자에 앉아 법문을 펼 때 마다
> 뻐끔뻐끔 받아먹은 법문이 몸 안에 차곡히 쌓인
> 만 마리 물고기들은
> 돌로 등을 치면 아름다운 종소리가 난다
> 세상소리 세상냄새 세상맛이 없는 깊은 산속에
> 인간보다 늙은 물고기들이 불심의 집을 짓고
> 너덜겅으로 얼기설기 얽혀있다
> 물고기꼬리들이 물바람을 일으킨다
> 저 은빛 물바람의 씨알
> 어느 메마른 마음 밭으로 날아가 떨어지면
> 무슨 색깔의 꽃을 피울까
> 돌 속에 웅크리고 있는 푸른 말들이 궁금하다
> — 「만 마리 물고기」 전문

시제는 「만 마리 물고기」다. 작품 내용 중에 "물고기꼬리들이 물바람을" 일으키고, "등을 푸르게 번쩍이며 흐린 강 거슬러" 오른다는 시구로 보아서는 틀림없이 물고기 얘기를 하고 있는 것 같다. 그러나 '미륵님' '불심', 반복되어 나타나는 '법문' 같은 불교에 관련된 어휘들은 작품을 왠지 낯설게 만든다. 그러나 갑자기 '만 마리 물고기'는 한자로는 '만어萬魚'가 될 터이고 이는 작품에 등장하는 '만어사萬魚寺'와 직결된다는 것을 눈치 챘다. 순간 이 사찰의 이름에 주석이라도, 최소한 한자 토라도 달아주었더라면 빠른 독해에 얼마나 도움이 되었을까 원망의 마음이 살짝 들었다. 그러나 내 생각은 잘못된 것이었다. 시인은 면밀한 주도하에 의도적으로 일체의 사전 정보를 배제한 것이다. 그리하여 문장들은 일견 '낯설고 모호한 것' 같지만 훨씬 반짝이는 심상으로 우리가 감각적으로 인식할 수 있도록 배치되고 있다.

작품은 연 가름 없이 행으로만 구성되어 있지만 각 문장은 모두 '−하다'라는 일반적 종지형으로 마감되고 있다. 따라서 작품은 '몰려왔다' '만날 수 있다' '종소리가 난다' '얽혀있다' '일으킨다' '궁금하다'로 끝이 나는 여섯 개의 단락으로 구성되었다고 볼 수 있다. 편의상 이 순서대로 독해하기로 하자.

"가다가 닿는 곳이 머물 자리"로 첫 단락, 첫 행이 시작된다. 참으로 선禪향이 짙은 발화가 아닐 수 없다. 그리고 '그 자리'에 "용왕의 아들을 따라 물고기 떼가 산으로 몰려왔다" 그런데 아무래도 물고기 떼가 산으로 몰려온다는 말은 아주 낯설다. 용왕의 아들이 인도했다면 그

럴 수도 있겠다고 상상해보지만 그래도 낯설게 느껴지는 것은 어쩔 수 없다. 그래서 그런가. 오히려 심상은 더 강하고 신선하게 육박해온다.

둘째 단락은 '-하면 - 할 수 있다'는 '가정假定의 형식'을 취하고 있다. "안개비 내리는 날 만어사에 가면"이라고 일단 조건을 달고 있는 것이다. 그렇게 하면 "등을 푸르게 번쩍이며 흐린 강 거슬러 오르는" 물고기들을, 또한 "부레대신 종을 매달고 있는" 물고기들을 만날 수 있다는 것이다. '푸르게 번쩍이며 거슬러 유영하는 물고기'의 이미지는 역시 강력하다. 그런데 '부레대신 종을 매단 물고기?' 무슨 소린가 고개가 갸웃해진다.

그러나 셋째 단락에서 시인은 그래서 물고기들은 "돌로 등을 치면 아름다운 종소리가 난다"고 시침 뚝 떼고 다소 엉뚱한 해명을 하고 있다. 허기야 종을 매달았으니 치면 종소리가 날 것은 뻔하다. 여기에서 '법문法門', 즉 부처의 가르침이 조용히 문을 연다. '만어사'의 만 마리 물고기들은 법문을 "뻐끔뻐끔 받아"먹고 있었던 것이다. 그리고 이어지는 단락에서 그것들은 깊은 산 속에 "불심의 집을 짓고" "얼기설기" 어울려 살고 있었던 것이다.

다섯째 단락은 "물고기꼬리들이 물바람을 일으킨다"한 행뿐이다. 이어지는 마지막 단락에서 시인은 그 "은빛 물바람의 씨"가 "메마른 마음 밭으로 날아가 떨어지면/ 무슨 색깔의 꽃을 피울까" 질문하고 있다. 독자들은 이 질문에 대한 답을 할 길이 없다. 그러나 시 전체를 마감하는 이 단락의 끝 문장 "돌 속에 웅크리고 있는 푸른 말들이 궁금하다"라는 시인의 발화는 위 질문의 답은 물론 아직 풀리지 않았던 '부레 대신 종을 매단 물고기'에 대해서도 해결의 실마리를 제공하게 된다.

7

"돌 속에 웅크리고 있는 푸른 말들"에서 우리는 용왕의 아들을 따라 물고기 떼가 산으로 몰려올 때는 어땠는지 몰라도 지금은 그것들이 '돌'이 되었음을 알게 된다. 작품에서 '물고기'와 '돌'은 자주 이중의 의미를 띠며 서로 교차되고 있다. 독서 중 독자들이 고개를 갸웃하게 만드는 이유다.

물고기의 '물바람 씨'가 피운 꽃의 색깔은 무엇일까에 대한 답은 바로 '돌 속에' 웅크리고 있던 푸른 말의 '푸른색'이다. 돌로 변한 물고기에 '부레'가 있을 리가 없다. 대신 종을 달고 있다. 이 말은 "등을 치면 아름다운 종소리가 난다"라는 문장으로도 재차 확인된다.

필자는 이제 일반 독자의 빠른 이해를 위해 시인이 의도적으로 배제한 정보를 공개할 때가 되었음을 느낀다.

옛날 동해 용왕의 아들이 수명이 다해 신승神僧을 찾아가 새로 살 곳을 마련해줄 것을 부탁했다. 신승은 용왕의 아들에게 '가다가 멈추는 곳'이 바로 그곳이라고 말해주었다. 왕자가 길을 떠나자 '수많은 고기떼'가 그의 뒤를 따랐는데, 그가 멈춘 곳이 이 절이었다. 이곳에 이르자 용왕의 아들은 큰 '미륵 돌'로 변했고, 그를 따라 '산으로 올라온' 수많은 고기들 또한 '크고 작은 돌'로 변했다.

위 얘기는 전설이다. 지금도 절 주변 골짜기를 가득 채운 돌들은 물고기가 입질하는 모양을 하고 있고 신비하게도 두들기면 '맑은 쇳소리'가 난다고 한다. 골짜기 돌들은 동해 물고기들이 변한 것이라는 전설에 따라 '만어석萬魚石'이라고 불리고, 또한 두드리면 쇠종 소리가 난다고 하여 '종석鐘石'이라고도 불린다고 한다.

지식백과를 뒤져가며 알아낸 정보를 '독자의 빠른 이해를 위해'라는 단서를 달고 소개했다. 물론 이런 사전 지식이 있었다면 왜 물고기들이 "부레대신 종을 매달고 있는"지, 왜 그것들의 "등을 치면 아름다운 종소리가" 나는지, "돌 의자에 앉아 법문을" 펴는 미륵님의 누구인지, 법문을 "뻐끔뻐끔 받아먹은" "만 마리 물고기들"은 무엇이었는지…, 작품의 독해는 훨씬 쉽고 빨랐을 것이다. 그러나 일반 독자는 시 한 편 읽기위해 백과사전을 뒤지지도 않고 그럴 필요도 느끼지 않는다. 주어진 텍스트를 그대로 읽기 시작할 뿐이다.

그러나 여기에서 앞서 언급한 '낯설고 모호한 것', 다시 말하자면 '애매성'이 나타난다. 이런 경우 시의 언어는 자신을 넘어서는 몸짓을 하고 또는 멈칫거리기도 하며 결코 고갈되지 않는 잠재성을 띤다. 따라서 독자는 내쫓겨 수동적 태도가 되는 게 아니라 오히려 활발한 참여를 하게 된다. 애매성은 아무리 작을지라도 동일한 언어에 대한 서로 다른 반응의 여지를 열어 놓는다. 독자는 하나의 시어의 의미를 근본적으로 '문맥적contextual'으로 파악하고 시의 내적 언어조직의 함수로 보게 된다. 또한 자신이 경험한 사회적 전후 상황들을 의미형성의 암묵적 전제로 작품에 적용한다. 따라서 작품 독해는 독자의 공감과 기대에 호소하게 된다. 시인은 이를 꿰뚫어 보고 있는 것이다. 그리하여 다음과 같은 절창이 터져 나오게 된 것이 아닌가.

"만 마리 물고기들은/ 돌로 등을 치면 아름다운 종소리가 난다"

"돌 속에 웅크리고 있는 푸른 말들이 궁금하다"

위 문장은 신비할 정도로 아름다운 심상을 지닌 말이다. 이는 차라리 사전지식이 없었기 때문에 가능했던 것이고 감동 또한 배가되고 있다. 시인은 언어조직의 문맥 안에 이질적 언어를 선별하고 배치함으로 놀라운 심상으로 대상을 감각적으로 인식하게 하는 동시에 빼어난 예술적 문장을 만들고 있는 것이다. 이는 바로 시인이 구사하는 언어의 힘, 즉 '특별한 언어운용'의 능력에 의한 것에 다름 아니다.